AF253696

L'ÉDUCATION

POËME

DIVISÉ EN DEUX CHANTS.

M. DCC. XXXIX.

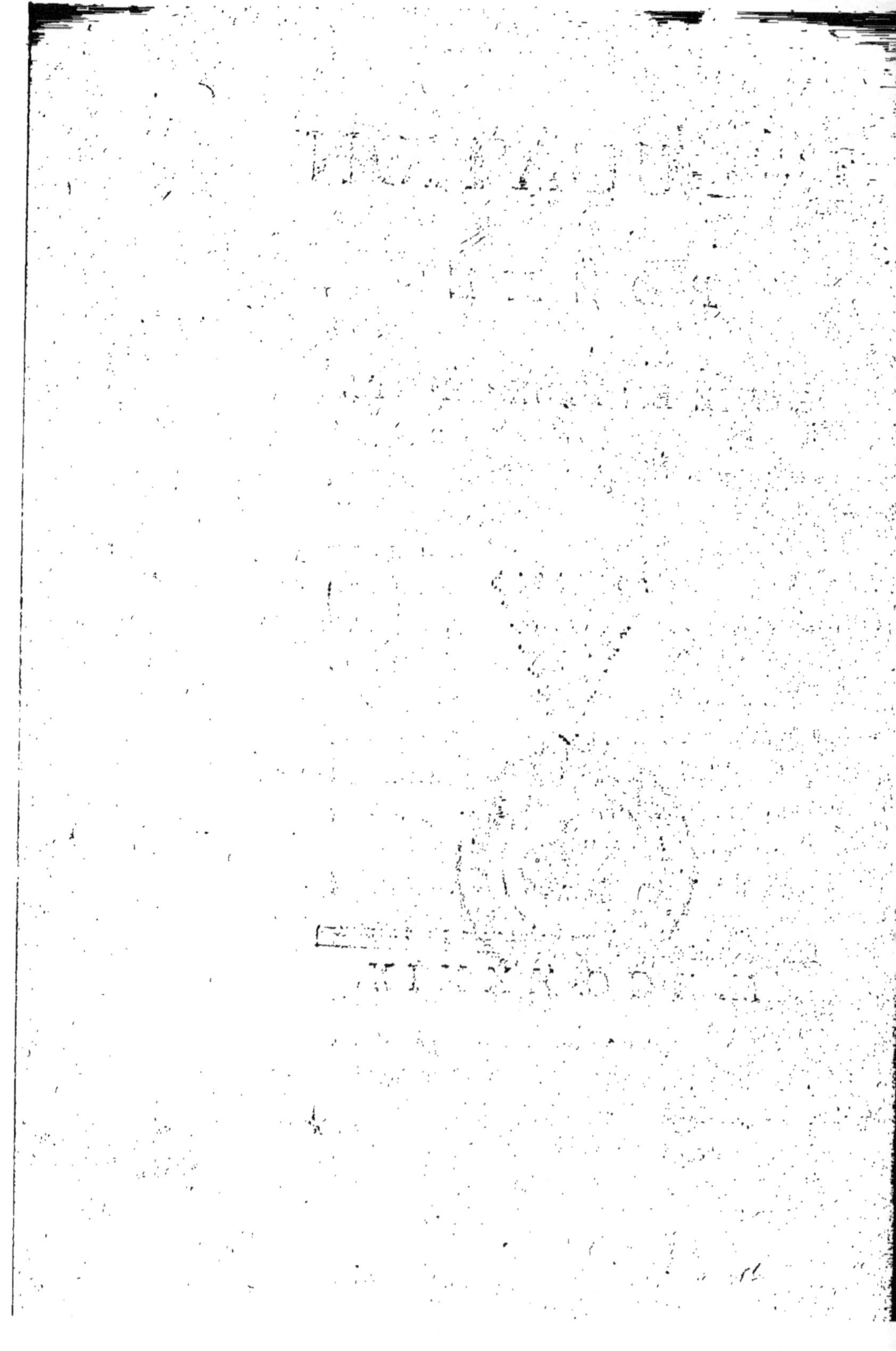

PRÉFACE.

CE Poëme partagé en deux Chants, à en juger par le frontispice, paroît être antérieur à l'ouverture de la premiere Campagne de 1733. Il n'a cependant été imaginé & composé qu'à la derniere.

L'Auteur ne s'étoit jamais auparavant appliqué à la Poësie, à moins qu'on ne veuille compter pour quelque chose deux petites Piéces fugitives de sa façon. A l'égard de cet Ouvrage qu'il a fait à l'armée de France en Allemagne, où il étoit Mentor, le Public n'a pû l'avoir jusqu'à-présent par des raisons qui ont enfin cessé.

Apollon y parle presque toujours. Il prie dans le commencement un Seigneur prêt à partir pour l'armée, lui-même Auteur illustre, qu'il rencontre sur l'Hélicon avec le Mentor, de faire ensorte qu'on ait au Camp quelques égards pour ce dernier qu'il y trouvera.

Le Dieu prouve enfuite la nobleffe du métier de Gouverneur : il critique après en général d'une maniere affez étendue les vices de la Jeuneffe, fans défigner aucun vicieux. Pour varier, il mêle dans fa cenfure des éloges particuliers & laconiques de tout ce qu'il y a de plus grand ou de plus aimable à la Cour de France, & même ailleurs. Le panégyrique des femmes de l'Antiquité & de celles d'aujourd'hui y eft auffi très-fommairement. Apollon adreffe la parole prefque par-tout dans ces deux Chants au même Seigneur.

Si l'Ouvrage réuffit, le fuccès en fera dû en partie à la critique fine & judicieufe d'une Dame de haute naiffance, auffi aimable par les qualités de l'efprit & du cœur que par les avantages d'une beauté toujours éclatante qu'elle renferme à la campagne. C'eft dans fa folitude qu'elle a bien voulu pendant près d'un an faire retoucher à l'Auteur plufieurs endroits du Poëme.

On trouvera un peu avant la fin du premier Chant le portrait de çette beauté célébre.

L'EDUCATION.
POËME.

PREMIER CHANT.

J'Errois un jour où naissent les lauriers,
Non ceux que Mars partage à des guer-
riers ;
Mais ceux qu'attend un orgueil poëtique.
En ces climats s'éleve un Temple antique,
Par les beaux Arts aux Muses consacré,
De Vers pompeux, d'Ecrits brillans paré,
Et nuit & jour de Rimeurs entouré.
Dans son enceinte on récite Euripide,
Plaute, Hésiode, Aristophane, Ovide
Avec Pindare, Horace, Anacreon,
Et la Lesbienne éprise de Phaon.
Un saint Pontife encense au Sanctuaire
Les deux portraits de Virgile & d'Homere.

A

Des chants divers jufqu'aux voûtes portés,
Font retentir les noms des Déités.
De cet azile, où les plus grands Poëtes
Sont de fes loix les facrés interprétes.

Non loin du Temple aux bords de l'Hélicon,
A mes regards vint s'offrir Apollon;
Vers lui je vole. Il me tient ce langage.
Les doctes Sœurs & moi de ce rivage,
Nous devrions te bannir aujourd'hui;
Tu refufas leur aide & mon appui,
Quand tu brûlois des feux de la jeuneffe :
Efperes-tu, glacé par la vieilleffe,
Pouvoir atteindre aux honneurs du Permeffe ?
Tel que l'Amour, je comble de préfens
D'heureux Mortels à la fleur de leurs ans,
Et j'embellis leur aimable printems.
On ne devient jamais Auteur illuftre,
Lorfqu'on commence à fon dixiéme luftre.
Plein de refpect, j'ofe répondre au Dieu;
Fils de Latone, à mon âge en ce lieu
Je ne viens point implorer votre flâme,
Rare bienfait trop flateur pour mon ame.

Non que je n'aye un peu d'ambition :
Adorateur du chantre d'Ilion ,
Je l'aurois pris autrefois pour modéle ,
Si de son feu j'eusse eu quelque étincelle.
Phébus alors interrompt mon discours ;
Je veux, dit-il, au déclin de tes jours,
Te ranimant, pour toi faire un miracle ;
Mon souffle seul peut vaincre cet obstacle,
Peut de ton ame émouvoir les ressorts ,
Et lui prêter de sublimes transports.
Cherche un sujet , entreprends un Poëme ,
Et tu seras échauffé par moi-même.
Mars à tes yeux doit offrir Oppenheim ,
Ou t'entraîner vers les murs de Manheim ?
Là sous la tente auprès de ton pupile ,
Exerce-toi sur quelqu'ouvrage utile ;
Les fils des Grands ouvrent un champ fertile
A ton esprit, donne-leur des leçons ;
Fais-les trembler dans tes vives chansons ,
Par des portraits de ces funestes vices ,
Qui sous leurs pas creusent cent précipices.

Le Dieu des Vers , en proférant ces mots,
Voit du Parnasse accourir les Héros ,

Dont le sçavoir étendit le génie,

Et dont la verve employa l'harmonie,

Avec la force à l'élégance unie ;

Phébus leur fit un soûris gracieux.

Toi, qu'à l'inftant je vis aux mêmes lieux

Suivre leurs pas, jeune & sçavant S *** (*a*)

Noble Ecrivain à qui Thalie eft chere ;

Mieux qu'eux encor en ce jour fortuné,

Tu fus reçu par l'Amant de Daphné,

Il aprouva ton ECOLE DU MONDE,

Où l'Art triomphe, où l'Atticifme abonde ;

Puis il te dit, en me montrant à Toi :

Kell & Coblens enfin faifis d'effroi,

Vont éprouver les armes de ton Roi ;

Si dans leurs champs où Bellone t'appelle,

Ce Théramene, à fes devoirs fidéle,

Suit fon pupile, & brave les hazards,

Dans les dangers s'il frappe tes regards,

Fais-le connoître à ta Gendarmerie ;

Vante fes foins voués à la Patrie :

(*a*) Le jeune Seigneur à qui l'Auteur parle d'abord, & enfuite Apollon, avoit fait la Comédie de l'Ecole du Monde un peu avant la déclaration de la derniere guerre. Cette Piece fut jouée alors dans un Hôtel particulier.

Dis qu'au Détroit (*a*) Amphitrite le vît ;
Quand vers Tétouan fur l'onde il conduifit
Un jeune Eleve aimé de la Fortune,
Et favori de Mars & de Neptune.
Dis que l'honneur, non la foif d'un peu d'or,
Retient captif tout généreux Mentor
Près du dépôt qu'à fa foi l'on confie ;
Qu'il eft payé, lorfqu'il fe facrifie,
Si la jeuneffe un jour utile aux Rois,
De leur fardeau fçait partager le poids :
Dis qu'ici-bas traveftie autrefois
Une Déeffe annoblit l'art d'inftruire,
Art refpectable, & l'appui d'un Empire ;
Art qu'elle-même elle vint embraffer,
Et que les Grecs lui virent exercer,
Lorfqu'elle apprit au jeune Télémaque
A fe montrer digne du Roi d'Ithaque.
Ajoute enfin qu'en ces terreftres lieux
La Déité prête à voler aux Cieux,
Donna fon plan, fa méthode immortelle ;
Livre inftructif pour quiconque après elle,
Sans s'épargner, de foi-même vainqueur,
Subjugue autrui par les traits de l'honneur.

(*a*) Le détroit de Gibraltar.

A peine ils sont semés dans un Eleve
Chez les François, que l'usage l'enléve
Aux soins heureux qui domptoient ses desirs ;
Il a bientôt pour Maîtres les plaisirs,
Qu'il cherche tous, sans choix & sans réserve ,
Et qu'eut réglés le suppôt de Minerve.
L'adolescent ailleurs par son Mentor
Long-tems guidé ne prend point cet essor,
Près du Danube, aux bords de la Tamise,
En cent climats la jeunesse soumise,
Sans murmurer attend la liberté ;
On rompt les fers de leur captivité,
Quand la raison en eux commence à luire,
Quand son flambeau peut enfin les conduire,
Et leur montrer l'écueil des passions,
Cruels auteurs de folles actions.

L'Himen trop tôt aujourd'hui dans la France
Vient des Seigneurs hâter l'indépendance ,
Qui les améne au vice par degrés,
Qui les souftrait à des devoirs sacrés,
Et rend leurs cœurs dédaigneux ou féroces,
De cet Himen, de ces amours précoces

Il naît souvent des rejettons, des fruits
Que la nature à regret a produits;
Trop frêle espoir, trop fragiles appuis
De noms fameux, qui joignent la richesse
A la splendeur d'une haute noblesse.
Lorsqu'Atropos, sans respect pour le rang,
Ose enlever le fils de quelque Grand
Bientôt après l'éclatante journée
Où s'accomplit le pompeux Himenée
D'un fils si cher, le pere malheureux
Doit s'imputer un coup si douloureux :
Il est l'auteur de cette destinée,
De cette mort funeste, inopinée;
Il engagea trop tôt par de doux nœuds
Un insensé : le jeune homme orgueilleux;
Depuis ce jour libre au gré de ses vœux,
Ne connut plus ni le mords, ni la bride;
Sa fougue prit la licence pour guide,
Et son caprice effréné, scandaleux,
Changeant d'objet pour ranimer ses feux,
Osa chercher sans scrupule & sans honte
Tout le rebut des réduits d'Amathonte.
Là s'immolant sur d'infames autels
Il fut soudain frappé de traits mortels,

* A iiij

Pleins d'un poison , que partagea sa flâme,
Dans ce délire où s'égaroit son ame.

Tu sçais quels maux de Pandore ignorés,
Et du Mexique avec l'or transferés
En vos climats cette peste nouvelle
A répandus : Fléau toujours rébéle
Aux vains efforts d'un art palliatif.
Ce surveillant Philosophe attentif
En ses leçons sçait d'un poison si vif
Peindre l'effet & l'amorce traitresse ,
Qui le dérobe aux yeux de la jeunesse.
Il leur apprend qu'il est plus de hazards
Dans ces réduits , que dans les champs de Mars ;
Et qu'aux François Bellone est moins fatale
Que la beauté triomphante & vénale
D'un vil amas de perfides Laïs,
Dont le trafic infeste ton païs.
Ce Conducteur rempli de vigilance ,
Lorsqu'il instruit l'aimable adolescence,
Voit leur penchant à trop de volupté,
Et plaint en eux l'âge aux excès porté.
Dans son emploi , s'il osoit se commettre ,
Pour les fixer , il voudroit leur permettre

Les lieux ha-
bités par les
Laïs.

De rendre hommage au Souverain des cœurs,

A cet amour qu'on néglige en vos mœurs ;

Amour conftant, difcret, né de l'eftime,

Toujours poli pour l'objet qui l'anime,

Et du refpect fouvent tendre victime :

Divinité qu'offenfe dans Paris

Ce peuple impur de profanes Iris ,

Dont les attraits vendus à trop haut prix ,

Et poffédés fans goût, non fans allarmes ,

Font des larcins à de plus dignes charmes ,

Que la Cour offre en vain aux yeux des Grands,

Ils brûleroient d'en être conquérans,

S'ils avoient eu pour maître en leur printems

Le Dieu par qui l'on fçait aimer & plaire ,

Meilleur Mentor qu'un Pédagogue auftere.

Ils auroient dû fe rendre à fes leçons ,

Et mériter d'être fes nourriçons.

Sans doute il eût apprivoifé leur ame :

Peut-être même une amoureufe flâme

Prife avec choix en eut fait des Héros :

On peut trouver dans Cnide & dans Paphos

Un chemin fûr pour aller à la gloire.

Mille Mortels , fi l'on en croit l'Hiftoire ,

Ont fouvent dû l'éclat de leur victoire ,

Et leurs lauriers à ce sexe charmant,
De l'Univers l'amour & l'ornement.
Plus d'une Belle arracha son Amant
A la mollesse, à des flâmes trop tendres ;
Et le voulut égal aux Alexandres.
N'ont-elles pas elles-mêmes jadis
Suivi Bellone, & leurs exploits hardis
Où s'allioit l'Héroïsme à l'adresse ?
N'ont-ils pas sçu seconder la Déesse ?
Leurs faits alors charmoient le monde entier,
Surpris de voir un tel peuple guerrier ;
Peuple intrépide, illustres Amazones,
Que Mars jugeoit dignes des plus beaux Trônes.
Sans détailler tous leurs faits merveilleux
Trop hardiment traités de fabuleux,
Je te renvoye à de vivans modéles,
Que dans ce siecle on admire comme elles.
Non loin du Tage une Reine aujourd'hui
Après Philipe est le premier appui,
D'Etats placés sous les deux Hémisphéres,
Et maintenus par ses vastes lumieres.
L'industrieuse & sçavante Albion
Du Brandebourg a reçu pareil don.

Auprès des bords de la riche Tamife

On voit au Trône une Héroïne (a) affife ;

Son nom par moi doit être autant vanté

Qu'Elizabeth, objet que j'ai chanté,

Quand fa puiffance en reffources féconde,

Etoit l'arbitre ou la terreur du monde.

Vers le Volga d'autres Peuples encor

Sont poffeffeurs d'un femblable tréfor :

Avec fplendeur régne leur Souveraine,

Dans Petersbourg, éclatant Phénomene.

L'homme ici-bas croit valoir cependant

Plus que la femme, orgueil extravagant !

Les Dieux là-haut penfent différemment.

Qui fçait mieux qu'eux que ce fexe adorable

De tous emplois pourroit être capable ?

Qu'il y mettroit la même activité,

Autant d'efprit & plus de dignité

Que fes Tyrans qui l'en ont écarté.

MAIS laiffons là l'homme & fa jaloufie ;

Des fils des Grands voyons la frénéfie.

(a) La Reine d'Angleterre morte l'année derniere, vivoit en-core dans le tems que ce Poëme a été compofé. Elle étoit de la Maifon de Brandebourg Anfpach.

Pour la guérir, l'Epargne ne doit pas
Prendre au hazard, fans choix, dans tous Etats
Des Conducteurs qui n'ont fait nulle étude
Du cœur humain, & dont l'incertitude
Ne peut que nuire aux jeunes Courtifans.
Quand les Mortels abbatus, languiffans,
Veulent calmer des maux vifs & preffans,
Appellent-ils l'Efculape qui traite
Leurs fiers Courfiers? prennent-ils fa recette?
Si de fon art, qu'à vil prix on achete,
Ils employoient eux-mêmes le fecours,
Bientôt, crois-moi, la trame de leurs jours
Seroit coupée, & bientôt Libitine (a)
Les conduiroit où régne Proferpine.

L'AME eft en proye aux maux plus que le corps;
Dans l'âge tendre il lui faut des Mentors,
Dont le fçavoir la raméne vers elle,
En lui prouvant fon effence immortelle.
Elle a pour guide à la Cour quelquefois
Un Surveillant d'Andaloux & d'Anglois.
Par habitude ou grondeur, ou colere;
Jufqu'aux confeils tout en lui doit déplaire.
Tel eft l'efprit, tel eft le caractére
(a) Déeffe des Funérailles.

Des héritiers de titres faftueux;
Toujours rétifs, toujours impétueux,
On les voit fuir la préfence fevére
De leur Pédant à réprimande amére;
Et qui ne fçait ce que peut la douceur?
C'eft vainement qu'on s'érige en cenfeur
Près d'un jeune homme yvre de fa naiffance,
Et de l'efpoir d'une richeffe immenfe
Qu'il doit unir aux plus flateurs Emplois;
Pour lui peut être un jour d'un trop grand poids.
Chez des Seigneurs, pour fubjuguer cet âge
Si pétulant, il faut qu'on le ménage;
Il faut que l'art, fans ufer du pouvoir,
Par le plaifir le raméne au devoir.
Tant de hauteur demande un Guide fage,
Qui ne foit point à fon apprentiffage.

J'excepte ici ceux des enfans des Rois,
Ces Conducteurs dont le Ciel a fait choix,
A qui les Dieux doivent pour appanage
De cent vertus le foudain affemblage:
Préfent qu'ils font par un égal partage
A l'autre fexe, à des fujets choifis,
Avec juftice au premier rang affis

Près des berceaux parés du Diadême,
Et de l'éclat de la grandeur suprême.
Paris possede une Elite d'Argus,
Qui peuvent seuls façonner aux vertus
Les rejettons & des Grands & des Princes.
On ne doit point chercher en vos Provinces
Un Surveillant inhabile au métier,
Mentor Novice, & lui-même Ecolier.
Quand sa valeur auroit pû dans la Guerre
De mille morts ensanglanter la terre ;
Quand son esprit fertile en traits brillans,
Les allieroit aux plus rares talens ;
S'il n'a jamais hanté les Courtisans,
Et s'il n'est point instruit de leurs usages,
Il échouëra malgré tant d'avantages ;
Près de leurs fils il sera sans succès,
Guide incertain dans ses premiers essais.

A votre Cour j'ai vû Minerve même
Endoctriner ce Disciple qu'elle aime,
Doux Théramene en qui l'urbanité
A la sagesse unit la volupté
Que rarement on associe ensemble ,
Et que jamais un Pédant ne rassemble.

I. CHANT.

Si dans l'Armée il est quelque Nestor,
Qui désapprouve en ce sage Mentor
La volupté ; pour le sauver du blame
Réponds soudain que c'est celle de l'ame :
Et si les feux nobles, constans, discrets
Qu'à la jeunesse il permettroit exprès,
Vont des Censeurs éprouver la satyre ;
Dis-leur qu'à tort ils osent en médire.

Leur Stoïcisme austére à contre-tems,
Vuide d'esprit, & plus vuide de sens,
Ne sçait donc pas quelle est l'extravagance
Du cœur de l'homme en son adolescence ?
Ignore donc qu'à cet âge fougueux
Tant de François portent le joug honteux
D'un Dieu l'horreur du Ciel & de la Terre,
A qui Venus a déclaré la guerre ;
Monstre qu'en vain menace le tonnerre,
Qu'en vain poursuit la colere des Rois :
Monstre bravant l'infamie & les Loix ;
Et qu'on verroit par le goût qui l'entraîne
Anéantir toute la race humaine,
Si le pouvoir des Graces, des Amours
A ses progrès ne s'opposoit toujours.

Quand Spire & Worms verront sur leurs frontiéres

Vos Escadrons, vos Cohortes guerrieres,

Ce Dieu que hait le peuple de Paphos

Sera chéri de novices Héros,

S'ils peuvent l'être en suivant ses banñieres.

Un noble Eleve éclairé des lumieres

De son Mentor au rang de vos Guidons

Viendra paroître avec les plus beaux dons

De la nature; il fuit le Dieu perfide,

Ses sectateurs & son culte homicide.

Il soutiendra l'honneur de ses Ayeux,

Que leur vertu fit régner (a) en des lieux

Remplis de Monts soumis à leur puissance.

Tu sçais qu'il doit le jour & la naissance

A cette rare & célébre beauté

Qui ravissoit tout Paris enchanté,

Et qu'on fêtoit comme une Déité :

Objet toujours brillant des mêmes charmes,

Propre à causer de nouvelles allarmes,

Et qui vaincroit même encore des Dieux

Par ses regards, par le feu de ses yeux,

(a) Les Ancêtres du jeune Guidon dont on parle ici, ont été Souverains dans les Montagnes d'Auvergne.

Si tant d'éclat à la Cour, à la Ville

Reparoissoit du fond de son azile.

Tu sçais de plus que deux jeunes Guerriers,

Que ses deux fils, en cueillant des lauriers,

Seront sa joie & celle d'un grand homme,

Cher à l'Europe, & cher sur-tout à Rome,

Titré par elle, & de sa dignité

Moins embelli, que de l'immensité

Des faits toujours présens à sa mémoire,

Par son travail moissonnés dans l'histoire

Du Monde entier, & que le laps des tems

Peut dérober à mille autres Sçavans;

Génie heureux, dont la douce éloquence

En ses récits éclaire l'ignorance;

Homme d'état & plus homme de bien,

Bon Politique, & meilleur Citoyen.

En cet endroit, tu t'en souviens S * * *

Phébus se tut. Il vit Pope & Voltaire

Entrer soudain; l'un escorté d'Anglois,

L'autre suivi d'innombrables François,

Que ses talens ont charmés tant de fois;

Soit que son feu, qu'excita l'Iliade,

Leur ait offert l'immortelle Henriade;

B

Soit qu'à son gré de Melpoméne en pleurs
Il leur ait fait partager les douleurs.
En ta préfence on chargea de couronnes
Ces deux Rivaux, éternelles colonnes
Du docte Pinde, où leurs écrits fêtés
Sont chaque jour par Apollon chantés.

Fin du premier Chant.

SECOND CHANT.

PHEBUS, pour plaire à la Troupe sçavante,
Lui retraça la peinture vivante
De vingt portraits que ses craions divers
Avoient déja figurés dans ses vers;
Puis regardant tout l'Essain poëtique,
Je vais, dit-il, poursuivre ma critique :
Prêtez l'oreille à mon chant satirique.
Et Toi, sur-tout, qui près des bords du Rhin
Cours affronter mille foudres d'airain,
Toi qui veux fuir les charmes du Parnasse
Pour faire essai de ta guerriere audace,
Vaillant S*****, à mes nouveaux accens
Sois attentif; mes traits seront perçans.

Avec fureur l'imprudente Jeunesse
Contre ses jours qu'elle abrége sans cesse,
Arme la Parque, & descend au tombeau
Lorsqu'elle encense un Dieu, triste fléau   L'Yvrogne-
De l'Univers, & qu'il sçait trop peu craindre.   rie.
Les vrais Mentors s'attachent à le peindre,

Semant la peur au milieu des banquets,
Quand son nectar, dont il fait tant d'excès,
Trouble ses sens, allume sa colere,
Toujours terrible & souvent sanguinaire.
Cette liqueur qu'on verse à ses autels,
Pour les humains source de maux cruels,
Hâte la Mort qui sans pitié les frappe,
Et qui se rit du pouvoir d'Esculape
A leur secours vainement appellé,
Quand par le don du Fils de Sémélé
En eux déja tout le sang est brûlé.
Si l'âge mûr victime du Barbare
Avant le tems voit par lui le Ténare,
Si l'assassin en conduit chaque jour
Mille d'entr'eux dans l'infernal séjour;
Ceux qui d'Hébé parent l'aimable Cour
En plus grand nombre éprouvent les outrages
Du traître Auteur de tant d'affreux orages.
L'Adolescent plus vif & moins formé,
Lorsqu'il se livre, est plutôt consumé,
Lorsqu'à l'ardeur de son âge enflammé
Il joint souvent la chaleur étrangere
D'un autre feu, son ame passagere

Bientôt s'envole & rompt d'heureux accords,
Qui plus long-tems l'auroient unie au corps
Sans cet ami de l'empire des Morts.

On ne peut trop, en formant la Jeuneſſe,
Leur préſenter l'image de l'yvreſſe
Dans ſa laideur propre à les garantir
D'un vice bas ſujet au repentir.

Il faut auſſi leur peindre avec adreſſe
Tous les malheurs qu'une aveugle Déeſſe   Le Jeu.
Traîne après ſoi ; perfide Enchantereſſe
Qui de ſes dons prodigués & repris
Sçait dépouiller ſes plus chers favoris.
Dans une fête, où tout lui rend hommage,
Des monceaux d'or le brillant étalage
Frappe, éblouit l'avide Spectateur ;
Pour en jouir il brûle d'être Acteur :
L'amour du gain l'initie aux miſteres ;
Il ſe repaît des plus douces chimeres ;
Phantômes nés d'un deſir ſéducteur.
Déja Victime, ou Sacrificateur,
Cet idolâtre en ſon triomphe adore
La Deité, qu'à l'inſtant il abhorre,

Quand par un coup du fort capricieux
Il voit paffer le métal précieux
En d'autres mains. Le dépit & la rage
Dans ce moment font peints fur fon vifage ;
A fes accès on diroit que trois Sœurs,
Filles d'enfer, lui prêtent leurs fureurs.
Le calme enfin fuccede à tant d'horreurs ;
Par fon retour la Fortune propice,
De ce revers répare l'injuftice,
Et du Joueur fatisfait l'avarice.
L'ample tréfor dont il s'eft refaifi
Vaut ceux qu'on cherche au riche Potofi.
Il veut toujours effuyer le caprice
D'une inconftante & folle bienfaitrice :
Sa frénéfie aux jeux de toutes parts
Porte cet or en de nouveaux hazards ;
Il les éprouve : Une fi belle proie
Vient d'être encor enlevée à fa joie,
Et partagée à vingt rivaux heureux,
Dont les tranfports la difputent entr'ux
Sur un tapis, théatre des ravages,
De la mifere & des fréquens naufrages.
Défefpéré de ces cruels partages,

L'Energumene ofe s'en prendre aux Dieux
Du Phlégéton, de la Terre & des Cieux;
Et fes fermens trop dignes d'anathême,
Glacent d'effroi l'ame des Joueurs même
Accoutumés à vomir le blafphême.
Effrontément l'infenfé furieux
Reprend fa place à ce cercle odieux.
D'un prompt fuccès l'efpérance frivole
Le fait bientôt jouer fur fa parole.
Souvent vainqueur & fouvent furmonté,
Son deftin cede à la Divinité,
Qui lui ravit & fes biens & fa gloire.
La troupe avare après cette victoire,
Pour en avoir le prix tant difputé,
Accorde un jour, un feul jour limité,
Au malheureux que fa chûte épouvante,
Que l'avenir, que le préfent tourmente;
Et qui voudroit qu'au même inftant la mort
Vint par pitié finir fon trifte fort.
Il va traîner avec ignominie
Un nom connu par l'éclat de la vie,
Et des emplois de fes brillans Ayeux;
Il en fera plus vil à tous les yeux,

Ses biens vendus ne sçauroient lui suffire
Pour acquitter tout ce que son délire
A voulu perdre. Il n'a plus de Palais,
Plus de Domaine; & l'amas de Valets
Qui l'entouroit, frustré de son salaire,
Laisse son Maître au sein de la misere.
Quiconque instruit, si la raison l'éclaire,
Ne blâme point en Philosophe outré
D'un jeu permis l'usage modéré;
Il le conseille, il le croit nécessaire;
Et sçait qu'il faut, qu'un jeune homme pour plaire,
Dans votre Empire avec soin aujourd'hui
Aprenne à fond l'art d'amuser autrui;
Sans désirer, Joueur trop mercénaire,
Un gain immense à l'équité contraire,
Et sans payer le plus leger tribut
Au vain hazard en ces jeux de rebut,
Où du produit des banques frauduleuses
Vit un essain de Phrynés scandaleuses.

    DANS tous ces lieux par le sort établis
Les fils des Grands, crois-moi, sont avilis.
Ils n'auroient point de honteuse habitude,
Si leur penchant les portoit à l'étude,

Et s'ils vouloient fréquenter les neuf Sœurs,
Je n'entends pas qu'ils deviennent rimeurs ;
Hors deux ou trois , à qui je t'affocie ,
Dont le talent fans nul fiel verfifie ,
Il ne faut pas que de jeunes Seigneurs
Ofent courir le danger d'être Auteurs.
Plus d'un, peut-être, armant la calomnie
Dans les accès de fa Métromanie ,
Noir Archiloque, enfanteroit des vers
Tels qu'Alecton les vomit aux Enfers.
Je ne veux point que rimant fans relâche
La jeune Cour s'en impofe la tâche ;
Mais il faudroit que leur futile efprit
Sçut entamer quelque folide écrit,
Ils puiferoient dans l'utile lecture
De quoi pouvoir effacer la teinture
De ce groffier & méprifable orgueil,
Leur apanage & leur fréquent écueil.

L'un eft Marquis, je le vois ; fon accueil
Soudain l'annonce : & l'autre qui s'admire,
Eft plus titré ; fon maintien l'ofe dire :
Sa fierté croit mériter des autels
Et de l'encens du refte des Mortels.

L'Orgueil.

Que son esprit mûrement réfléchisse,
Qu'il s'examine & qu'il s'approfondisse ;
Peut-être alors que ce superbe cœur
Essayera d'abaisser sa hauteur.
Pourquoi montrer une audace imbécille ?
N'est-il pas fait, dis-moi, de même argille
Que tant d'humains, même du peuple issus,
Nobles souvent par de rares vertus ?
S'il essuyoit le dédain, ou l'outrage
De ceux qu'il voit dans un plus haut étage,
Et que du poids de leur autorité
Il se sentît cruellement heurté ;
Son vain orgueil frémiroit irrité.
Mais grace au Ciel, ce Ministre suprême
Qui sans relâche orne le diadême,
Pour les François pleins d'affabilité,
Les reçoit tous avec humanité ;
Et son Eleve à qui l'intelligence
D'un tel Mentor inspira la clémence ;
Portrait vivant de la Divinité,
Assis au Trône est autant respecté
Par sa douceur que par sa majesté.
Tous les Bourbons demi-Dieux favorables
Ont l'art de plaire, & sçavent être aimables.

Tels font dépeints les Chartres, les Contis
Et tout ce fang que décorent les lys.
On voit encor au fein de ta patrie
Ces Etrangers, fi chers à l'Auftrafie;
De Conquérans, de Monarques fortis
Se fignaler en fe montrant polis.
Les mêmes traits brillent en d'autres Princes,
Qui nés d'Ayeux foutiens de vos Provinces
Ornent le nom du Vainqueur d'un Soudan,
Et du Héros que regretta Sedan.
Une autre race en Alcides féconde,
Que je chéris, qui des Maîtres du monde,
Parente, amie & confeil autrefois
Des Ducs Bretons a paffé chez vos Rois;
Ce grand nom, dis-je, a par droit d'héritage
De fiécle en fiécle un femblable avantage.
L'urbanité par fes charmes vainqueurs
Sert aux Rohans, & leur gagne les cœurs;
Elle enchaîna cette Veuve éclatante,
Qui de l'un d'eux jeune Epoufe brillante,
A mille attraits fçait unir la raifon.
Il eft un Prince, appui de leur Maifon,
Comme eux affable, à fes devoirs fidéle
Dans l'âge vif de la Cour vrai modéle,

Aimé d'un Dieu que défarma Cipris ,
Et des neuf Sœurs connoiffant tout le prix.

Par le fçavoir l'éminente Nobleffe
Peut du haut rang calmer la folle yvreffe.
Un Grand le tient du hazard & des Dieux ;
Devroit-il être ou fat ou glorieux ?
Ne fçais-tu pas que fans moi, que fans eux ;
On auroit vû cette ame trop altiere,
Jouet du fort languir dans la pouffiere ?
Grace à nos dons, il n'eft point Artifan ,
C'eft un Seigneur, un riche Courtifan
Qui nous doit tout, & tréfors & naiffance ,
Pour nos bienfaits quelle reconnoiffance ?
L'ingrat fe rit de notre reffemblance ,
De ces mortels qu'il voit privés d'appui ,
Et qui fouvent nous font plus chers que lui.
Peut-on l'aimer ? En lui feul il raffemble
Tous les défauts, tous les vices enfemble ;
Il a détruit l'ouvrage de nos mains.
Créé par nous pour de nobles deffeins ,
Il veut courir dans l'infâme carriere ,
Que des devoirs l'importune barriere
Avoit fermée à fes fougueux defirs :
La bienféance a fait place aux plaifirs.

Ce Grand les cherche ou honteux, ou bizares,
Quelquefois même infensés & barbares.
Infigne objet de haine & de mépris
Il mene un char la terreur de Paris :
Deux courfiers vifs qu'à grand bruit il anime,
Vont fous la roue écrafer leur victime ;
Il fend les flots des Citoyens à pié
Que fait pâlir ce tyran fans pitié,
Dont la folie & finiftre & fauvage
Renverfe tout à fon fanglant paffage.
Si du public fes excès déteftés
A chaque inftant par lui font enfantés,
C'eft qu'il n'a point corrigé la nature
Rude fans art, ftérile fans culture.   L'Ignorance.
Tout mortel doit en chercher le fecours ;
Et ceux, fur-tout, qui font nés dans les Cours,
Qu'aux dignités deftinent les Monarques,
D'un haut fçavoir devroient donner des marques.
Ils devroient fuivre un modéle achevé
Dans fon emploi par Neptune aprouvé,
Jeune Miniftre auffi fçavant qu'aimable,
Chargé de foins, & qu'aucun poids n'accable,
En fes difcours ouvert, impénétrable,

Toujours brillant , sans être impérieux ;
Sans maîtriser toujours victorieux :
Fait au travail qu'il suspend avec peine,
D'où quelquefois je l'arrache & le mene
Juger Thalie , Euterpe & Melpomene.
Tel on voyoit jadis le grand Armand
Prendre avec moi ce noble amusement.
J'aurois voulu tracer d'après nature
Mille portraits pour orner ma peinture ;
Mais je l'abrége , & vais en peu de mots
Te dire ici d'où naissent les défauts
Des fils des Grands. Je remonte à l'enfance
Du dernier Roi qui gouverna la France ;
Ce Roi que Mars fit craindre à l'Univers ;
Et dont le bras mit cent Peuples aux fers ;
Dont l'Héritier encor plus redoutable
Tient de Minerve un Trône inébranlable.

N'EMBRASSONS point tant de faits en un jour.
Dans l'autre Siécle, au milieu de la Cour
Ses Habitans s'avouoient tour à tour
Ce qu'en secret ils obtenoient des Belles ;
Ils se montroient médisans, infideles.

Leur inconstance & leurs ciniques traits
Faisoient gémir d'adorables attraits ;
Tout le beau Sexe alors frémit de rage :
Par lui Junon apprend ce double outrage.
La Déité qu'enflamme un prompt courroux
Avec transport demande à son Epoux,
Aux autres Dieux une juste vengeance
Qui soit au moins mesurée à l'offense.
Le Ciel promit d'une commune voix
D'anéantir les noms de ces François
Par les fureurs de leur coupable race,
Dont tu connois la dédaigneuse audace ;
Le luxe outré, les penchans vicieux,
Et les emprunts bas, ignominieux,
De sa hauteur, ridicule contraste,
Et pour Momus sujet heureux & vaste.

De telles mœurs révoltent ce Mentor
Qu'à ton crédit je recommande encor ;
Fais que tout chef par grace, ou par justice
Au camp sur lui jette un regard propice.
Je veux, s'il fait essai de tes bontés,
Que ton génie enfante des beautés
Dignes du sort des Ouvrages dictés

Par un François (*a*) adorateur & guide
D'une Héroïne, (*b*) ami d'un fier Alcide, (*c*)
Et son Conseil, l'un des plus beaux esprits
Qu'en l'autre Siécle ait vû briller Paris,
Homme immortel dans ses nobles Ecrits,
Héros sçavant ; cher au Dieu de la Thrace,
Cher à Minerve & l'honneur de ta race.
Suis ce modéle, & non pas tes pareils
Nés à la Cour ; écoute mes conseils :
Ne rougis point de cultiver Thalie,
Compose encor : songe que l'Italie
Eut dans son sein plus d'un César Auteur,
Titre pour eux peut-être aussi flateur
Que leurs lauriers, quand Mars & la Victoire
Les couronnoient sur le char de la Gloire.

    AINSI parla le Dieu du double Mont.
Dans l'Assemblée un silence profond
Regnant par-tout avoit loué d'avance
De ces portraits l'exacte ressemblance.

   (*a*) M. de la Rochefoucault, Auteur du Livre des Maximes & de plusieurs autres Ouvrages.
   (*b*) Madame de Longueville entraînée dans les guerres de ce tems-là par le même M. de la Rochefoucault.
   (*c*) Le grand Condé.

Mon

Mon souvenir conservera toujours
Ce que m'a peint un semblable discours.
Il a fait naître en moi la noble envie
De consacrer le reste de ma vie
A l'élégante & vive Poësie.
M'y dévouerai-je Apprenti suranné ?
Mon Apollon pourra-t'il être orné
De traits vainqueurs, tels que ceux de Zaire,
De Radamiste & d'Electre & d'Alzire,
Ouvrages faits pour triompher des tems ?
Dois-je m'attendre aux succès éclatans ?
Ma Muse un jour sera-t'elle égalée
A cet écrit où Thetis pour Pelée
Brave l'ardeur du Souverain des Cieux ?
A d'autres vers tendres, mélodieux,
Genre lyrique, où l'on chante les Dieux.
Puis-je affronter les hazards d'un Théâtre
Qu'aime une Muse & modeste & folâtre ?
Sans nulle force, Athlete audacieux,
Je deviendrois la fable de ces lieux.
J'y vois regner l'Auteur du Glorieux.
Dans son triomphe il m'effraie & m'arrête ;
Il a brillé par plus d'une conquête :

C

Comment l'atteindre ? & d'autres Ecrivains,
Sur-tout l'un d'eux, qui dans ses chants divins,
Dès son printems prenant un vol rapide,
Sublime Orphée, eut le destin d'Ovide.

www.ingramcontent.com/pod-product-compliance
Lightning Source LLC
Chambersburg PA
CBHW051328060726
47596CB00004B/1530